Die Muschelprinzessin

Die Muschelprinzessin
Ein Märchen

von Willi Fritz und Evelyn Fritz
mit Zeichnungen von Lottie E. Hotaling

Bibliografische Information der Deutschen Nationalbibliothek
Die Deutsche Nationalbibliothek verzeichnet diese Publikation in der Deutschen
Nationalbibliografie; detaillierte bibliografische Daten sind im Internet über
http://dnb.d-nb.de abrufbar.

Umschlagdesign, Satz, Herstellung und Verlag: Books on Demand GmbH, Norderstedt
Illustrationen: Lottie E. Hotaling
ISBN 978-3-8391-7434-0

Vor vielen Jahren lebte einmal in einem großen Wald eine böse Hexe, die sehr hässlich aussah und alle Menschen, die sich in diesem Wald verirrten, in kleine Gegenstände verzauberte.

Sie verzauberte die Menschen entweder in einen kleinen Stein, oder in einen Pilz, oder gar in einen Tannenzapfen.

Und wenn sie dann diese kleinen unbeweglichen Dinge mit dem Fuß weiterstoßen konnte, kicherte sie vor Freude, und ihr Hexenherz lachte.

Die Hexe bewohnte ein kleines Holzhaus. Als einzigen Diener hatte sie einen Raben, der ihr ganz zugetan war und immer auf der höchsten Tanne Ausschau hielt, ob sich auch wieder ein Mensch in den Wald wagte.

Und geschah dies, dann flog er schnell zum Hexenhaus und meldete der Hexe alles, die dann

sehr eilig aus dem Haus kam
und den Menschen suchte,
um ihn auch zu verzaubern.

Nicht weit ab von diesem Wald stand auf einem Berg ein schönes Schloss. Dort lebten der König, der sein Land regierte, seine Frau, die Königin, und deren Tochter, die Prinzessin.

Die Prinzessin war hübsch, hatte fleißig gelernt und wusste daher sehr viel. Das war in allen Ländern bekannt.

Viele Königssöhne kamen aus diesem Grund auf das Schloss und wollten die Prinzessin zur Frau haben.

Jedoch war das gar nicht so einfach, denn der König stellte die Bedingung, dass nur der Königssohn seine Tochter zur Frau haben sollte, der es fertig brächte, die böse Zauberhexe

im Wald zu überlisten und dann
zu töten.

Davon wollten die Freier aber alle nichts wissen, denn so gerne sie auch die Prinzessin zur Frau haben wollten, so hatte es bisher doch keiner versucht, den Kampf mit der Hexe aufzunehmen. Und so mussten sie wohl oder übel wieder in ihr Land zurückkehren.

So verging nun einige Zeit,
und die Prinzessin beklagte sich
bei ihrem Vater, dem König,
dass sie wohl keinen Mann mehr
bekommen würde. Doch der
König sprach: »Habe Geduld,
mein Töchterchen, eines Tages
wird auch einer kommen,
der Mut hat.«

Und der König sollte Recht behalten. An einem schönen Sommertag kam ein mutiger Prinz auf das Schloss. Da ihm die Prinzessin vom ersten Augenblick an gefiel, nahm er ohne Zögern die harte Bedingung des Königs an, den Kampf mit der Hexe aufzunehmen.

Die Prinzessin aber, die auch gleich Gefallen an dem schönen Prinzen gefunden hatte, wollte ihn nicht gerne allein gehen lassen. Darum bat sie den Vater, ob sie mitgehen dürfe. Da sagte der König: »Wenn du mir versprichst, dass du selbst nicht in den Wald gehst, sondern davor wartest bis der Prinz die böse Hexe besiegt hat, kannst du mitgehen.«

Das versprach dann auch die Prinzessin und beide begaben sich auf den Weg zum Wald. Der Prinz freute sich auf die Begegnung mit der Hexe. Er konnte ja auch nicht wissen, dass diese solche große Zaubermacht hatte, gegen die auch er nichts machen konnte. Und darum plauderte er frisch und fröhlich von seinem Heimatland.

17

Die Prinzessin hörte gerne zu. Doch nun waren beide am Rand des großen Waldes angekommen, und die Prinzessin wartete hier nun, wie es der Vater gewünscht hatte.

Der Prinz verabschiedete sich mit den Worten: »Ich werde bald zurück sein. Dann wirst du meine Königin werden und sicher sehr glücklich mit mir sein.« Dann schritt er mutig in den Wald hinein. Der Rabe auf der hohen Tanne hatte die beiden Königskinder aber schon lange beobachtet.

Er flog der Hexe auf die Schulter und meldete ihr nun alles.
Da kicherte die Hexe: »Was, der Königssohn will stärker sein

und mich besiegen? Na warte, du sollst meine Macht kennen lernen.« Dann schlich sie dem Prinzen entgegen.

Der Prinz, der die Hexe kommen sah, fragte: »Oh alte Frau, könnt Ihr mir sagen, wo ich die böse Zauberhexe finden kann, oder seid Ihr es etwa selbst?«

21

Er nahm vorsichtshalber schon das Schwert aus der Scheide und bereitete sich auf den Kampf vor.

Doch die Hexe berührte ihn nur, und er konnte sich nicht mehr bewegen und auch nicht sprechen. Aber sehen und hören konnte er alles was nun geschah. So musste er zunächst einmal sehr lange stehen, denn die Hexe

23

verschwand plötzlich. Sie wartete
noch auf die Prinzessin, um
dann auch ganze Freude an ihrer
Zauberei zu haben.

Die Prinzessin hatte bis jetzt
geduldig gewartet. Doch nun
bekam sie Angst, dass ihrem
Prinzen etwas geschehen sei. Sie
vergaß die Worte des Vaters und
ging doch in den Wald hinein.

Darauf hatte die Hexe nur gewartet. Sie ging also der Königstochter entgegen und als diese die hässliche Frau kommen sah, fürchtete sie sich und dachte an das, was sie dem Vater versprochen hatte.

Doch nahm sie allen Mut zusammen und sprach die Hexe an: »Ach liebe alte Frau, habt Ihr nicht meinen Prinzen gesehen?«

»Den habe ich wohl gesehen. Er sollte mich doch hier vertreiben oder gar umbringen, was? Hi hi hi hi! Ich weiß wohl, dass deine Eltern mich nicht leiden mögen und dafür sollen sie bestraft werden, indem du verzaubert wirst. Der Prinz mag hingehen, um es deinen Eltern mitzuteilen.«

Dann führte sie das Mädchen an die Stelle, an der der Prinz bewegungslos stand, holte aus ihrem Holzhaus schnell zwei Muschelschalen und sprach zur Prinzessin: »Du sollst so klein werden, dass du in diese Muschel passt, und dann soll dich mein Rabe forttragen und in ein großes Meer werfen.«

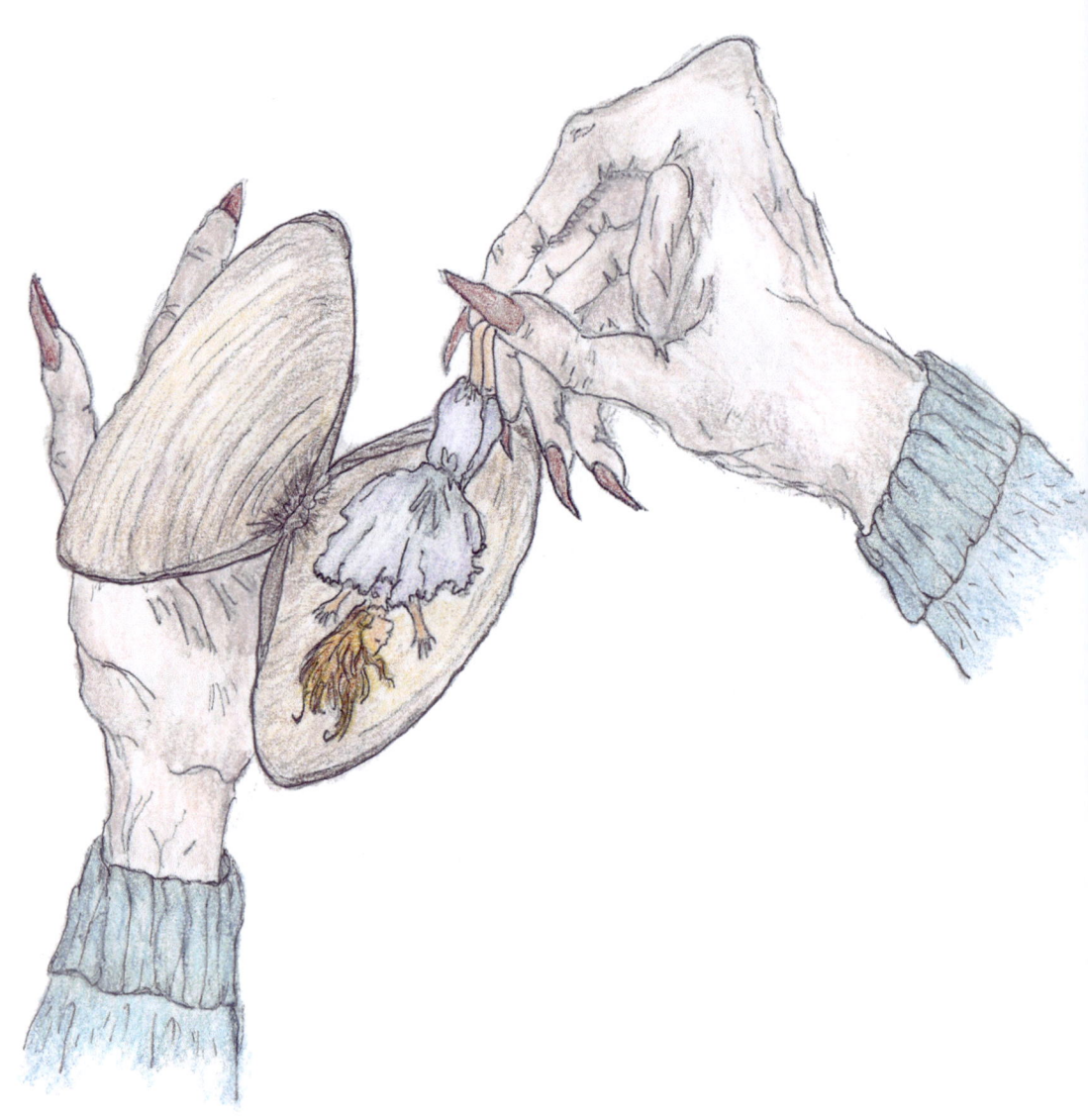

So geschah es dann auch in diesem Augenblick, dass sich die Prinzessin in eine ganz kleine Wachspuppe verwandelte und nun von der Hexe in die Muschel gelegt wurde. Dann band sie eine Schleife darum, und der Rabe flog mit der Muschel davon.

Da kamen dem Prinzen, der dies hatte alles mit ansehen müssen, die Tränen in die Augen. Die Hexe berührte ihn nun, so dass er sich wieder bewegen konnte. Doch das Schwert hatte sie ihm abgenommen, damit er machtlos war. »So«, kicherte die Hexe: »Jetzt gehe, suche deine Prinzessin und sage dem König, dass die Hexe doch stärker ist als ein König.« Und damit verschwand sie in ihrem Häuschen.

31

Dem armen Prinzen blieb nun nichts anderes übrig, als dem König und der Königin das Geschehene mitzuteilen. Er ging also in das Schloß und erzählte alles. Da waren alle sehr traurig und weinten viele Tage.

Dann sprach der Prinz:
»Ich werde mir ein Schiff bauen und damit solange die Meere befahren, bis ich die kleine Prinzessin in der Muschel gefunden habe. Und damit gehe ich dann wieder zur Hexe und werde sie bitten, den Zauber zu lösen.«

Der König glaubte nicht, dass der Prinz die kleine schwimmende Muschel auf dem großen Wasser finden würde. Doch wusste er auch nicht, was weiter zu tun sei und gab seinen Segen.

Der Prinz ließ sich nun ein kräftiges Schiff bauen und segelte damit lange Zeit auf vielen

Meeren, aber von der Muschel war nichts zu sehen.

Er wollte schon das Suchen aufgeben. Doch dachte er an die arme Prinzessin, die ewig auf dem Wasser schwimmen müsste, und somit suchte er weiter. Es war schon Herbst geworden.

An einem stillen Abend saß
der Prinz auf dem Schiffsrand
und schaute vor langer Weile auf
das Wasser, denn weitersegeln
konnte er nicht, weil es zur Zeit
ganz windstill war.

Da sah er auf einmal ganz in der Nähe viele Wassernixen. Er traute seinen Augen kaum, als er genau sah, dass eine besonders hübsche Nixe mit einer Muschel spielte und damit herumwarf. Da diese Muschel mit einer Schleife versehen war, konnte es nur diejenige sein, in der das verzauberte Prinzesschen war.

Das erfüllte ihn mit solcher Freude, dass er einen Luftsprung auf seinem Schiff machte. Dies verursachte aber einen solchen Lärm, dass die Nixen ganz erschrocken untertauchten und dabei die Muschel vergaßen.

Der Prinz holte nun die Muschel aus dem Wasser und löste die Schleife. Oh! Welche Freude!

Da lag wirklich und wahrhaftig noch die verzauberte Prinzessin darin. Aber noch größer wurde die Freude, als die Puppe immer größer wurde und mit einem Male die schöne Prinzessin vor ihm stand. Denn durch die Berührung war der Zauberbann gewichen, da die Hexe inzwischen gestorben war.

Die beiden Königskinder waren nun so glücklich, dass sie gar nicht gemerkt hatten, wie eine Wassernixe immer wieder um das Schiff schwamm. Sie suchte ihr Spielzeug, und sagte zu dem Prinzen: »Ich bin die Königin der Wassernixen. Ich glaube, du hast mir mein bestes Spielzeug, die Muschel, genommen. Wenn es so ist, gib mir bitte mein Spielzeug wieder.«

Er überlegte ein wenig, dann fertigte er so schnell es ging eine kleine Puppe an, die auch so aussah wie vorher die verzauberte Prinzessin, legte diese dann in die Muschel und band wieder die Schleife darum.

Dann gab er der Wassernixe die Muschel mit den Worten: »Hier hast du dein Spielzeug wieder zurück, es sieht jetzt genauso aus, wie du es vorher gehabt hast.«

Die Wassernixe war auch zufrieden, bedankte sich und verschwand wieder im Wasser.

Die beiden Königskinder aber
fuhren nun nach Hause, und
die Eltern auf dem Schloss
mussten jetzt vor Freude weinen
als die beiden dort ankamen.
Bald wurde die Hochzeit gefeiert
und alle waren glücklich und
zufrieden.

Die Königin der Wassernixen fand nach sehr, sehr langer Zeit keinen Gefallen mehr an ihrem Spielzeug und warf es eines Tages achtlos an den Nordseestrand.

Dort hat diese Muschel lange gelegen, bis eines Tages ein Mann am Strand spazieren ging und dabei die Muschel mit der Puppe fand.

Er nahm sie mit nach Hause und schenkte sie seiner Tochter ...

Wie das Märchen entstand:

Eines schönen Tages, es war im Jahre 1951, ging einmal ein Mann in Büsum am Strand spazieren. Und während er so seinen Gedanken nachhing, stieß sein Fuß plötzlich an eine Muschel. Er hob sie auf, betrachtete sie und dabei fiel ihm eine Geschichte ein. Er nahm die Muschel mit nach Hause und schrieb dort sofort diese Geschichte nieder. Dann kaufte er eine kleine Puppe, legte sie in die Muschel, band eine rote Schleife darum und schickte sie zu seiner Tochter, die gerade mit ihrer Mutter in Hamburg zu Besuch war.

Über den Buchautor Willi Fritz, Vater von Evelyn Fritz:

Willi Fritz (21.6.1923 – 10.3.1978) in Schlawe (Pommern) geboren, absolvierte dort eine Ausbildung zum Einzelhandelskaufmann. Er war auch Leiter einer Theatergruppe. Einige Jahre nach Kriegsende übernahm er in Wesselburen (Holst.) ein Lebensmittelgeschäft. 1962 zog er mit seiner Familie nach Grömitz (Ostsee), um auch hier als selbstständiger Kaufmann zu arbeiten. Ab 1970 war er leitender Angestellter in der Kurverwaltung Grömitz.

Willi Fritz und Tochter Evelyn

Über die Künstlerin
Lottie Elizabeth Hotaling

Lottie Elizabeth Hotaling wurde in Richmond, Virginia (USA) geboren.

Ihre Liebe zur Kunst wurde ihr in die Wiege gelegt: Seit über drei Generationen gibt es berufsmäßige Kunstmaler in der Familie mit Wurzeln in Deutschland.

Lotties mystische, feenhafte Figuren sind in auserwählten Ausstellungen gut bekannt, wie in Rhinebeck und Woodstock im Bundesstaat New York, wo sie heute mit ihrer Familie auf einer Farm lebt. Sie stellt außerdem Grußkarten her, sowie andere Kunstformen und Auftragsstücke.

Die verträumten Zeichnungen in »Die Muschelprinzessin« sind ihre ersten, welche in Buchform erscheinen, und sind ihrer Mutter Liselotte Gathmann Rieper gewidmet, von der sie ihre Inspiration erhielt.